'도대체 연애란 어떻게 해야
감정 낭비가 아닌 것인가.'

하트 세이버

이유리 소설

하트 세이버

북*_

차례

하트 세이버

우리, 피차 감정 낭비 그만하자.

민재와 헤어지던 날 내가 한 마지막 말이었다. 심하게 다투던 중이었으니 원래부터도 좋은 표정은 아니긴 했지만, 그 말을 들은 민재의 얼굴이 순식간에 딱딱하게 굳는 것을 보았고 왜인지는 모르겠지만 그걸 보며 새삼 깨달았다. 내가 정말로 정확한 말을 했다는 걸. 이윽고 드르륵 의자 끄는 소리를 내며 벌떡 일어난 민재가 카페를 박차고 나가는 뒷모습을 나는 그저 바라보았다. 아마도 이것이 민재의 마지막 모습, 그러니까 이 연애의 마지막 장면일 것이라고 확신하면서. 어쩌면 술에 취한 한쪽이 자니……로 시작하는 구차한 메시지를 보낸 뒤 다음 날 아침 수치심에 비명을 지른다거나, 길을 걷다 우연히 마주쳐 어색하게 고개를 돌리는 일이 생길지 모르지만 그런 일들 역시 너무나 예상 범위 안의 사건들, '연애'라는 패키지 안에 포함된 기본 구성 요소들이다. 그러니 놀랄 것도 신경 쓸 것도 없을 거다. 지겹도록 겪어본 일이니까.

나는 민재가 앉아 있던 자리에 놓인 빈 유리컵을 바라보았다. 컵 안에 얼음이 그대로 남아 있었다. 민재는 카페에 오면 음료를 받자마자 두세 모금 만에 다 마셔버리는 타입의 사람이었다. 그러곤 들썩들썩, 몸을 가만히 두지 못하고 지루해죽겠다는 티를 온몸으로 내곤 했었지. 동네의 모든 카페를 섭렵한 카페 마니아인 나와는 정말이지 안 맞아도 너무 안 맞는 조합이었다. 뭐, 우리가 안 맞는 게 비단 카페에 대한 선호도뿐만은 아니었지만.

그러니 정말 감정 낭비였지 뭐야. 나는 통유리창 너머로 카페 바깥을 흘끔 살폈다. 민재는 아예 가버린 것 같았다. 그러라지. 테이블에 남은 컵과 접시를 정리한 쟁반을 들고 나도 일어섰다. 이윽고 카페를 나서자 문에 달린 유리종이 짤랑, 다시 한 번 울렸다. 촬영 종료를 알리는 슬레이트처럼 맑고 경쾌한 소리였다.

도대체 연애란 어떻게 해야 감정 낭비가 아닌 것인가.

그날 밤에는 침대에 누워 그것을 고민했다. 아니, 그 고민보단 지금까지 했던 온갖 낭비에 대해

곱씹으며 아까워 몸부림친 시간이 더 길었던 것도 같지만. 물론 지난 1년 6개월간 민재를 만나면서 즐겁고 행복했던 시간도 분명 있기야 있었지만 그건 냉정히 따지자면 틀림없이 손해 보는 장사였다. 데이트를 하며 들인 만큼의 감정을 다른 곳에 쏟았대도 그 정도의, 혹은 더한 기쁨이 틀림없이 있었을 테니까. 하루걸러 하루를 새벽같이 생화 도매상에 가고 주말에는 원데이 클래스를 운영하느라 정신없는 꽃집 사장으로 살면서도 나는 거의 저녁마다 시간을 쪼개어 민재를 만났다. 분위기 좋은 레스토랑과 볼만한 영화를 찾았고 생일이며 기념일을 챙겼다.

그 정성으로 다른 것, 예를 들어 외국어를 공부했으면 어땠을까. 분명 지금쯤이면 더듬거릴지언정 하고 싶은 말은 할 수 있는 수준에 이르러 있었겠지. 그리고 그건 내 평생의 자산으로 남았을 거다. 헤어지자는 말 한마디에 훌쩍 떠나버리지 않는, 모르던 때보다 못한 사이로 돌아가지 않는 온전한 내 것으로. 외국어뿐만이 아니다. 악기를 배웠다면, 봉사 활동을 다녔다면, 아니 하다못해 친구라도 만났다면. 이제 와 그런 생각을 하니 새삼 지난 시간이 눈물 나게 아깝지 않을 수 없었다. 물론 나도 안다, 누가 강요한 것도 아니고 내가 좋아서 사귄 주제에 이제 와서 계산기를 두드리는 건 구차한 짓이라는 것쯤은. 하지만 그렇게 쿨하게 생각하기엔 매몰 비용이 너무 컸고, 사실 그게 아깝게 느껴진 건 민재와 내가 처음부터 잘 맞지 않는 짝이었기 때문인 탓도 컸다.

사귀고 두세 달이 지나 콩깍지가 슬슬 벗겨지기 시작하는 시기쯤부터 나와 민재는 자주 다퉜다. 가벼운 투닥거림으로 끝날 때도 있었고 심각한 싸움으로 번질 때도 있었지만 어쨌든 주기로 따지면

일주일에 한 번꼴로 무슨 주간 행사처럼 싸워댔다. 거창한 주제로 싸운다면 이해라도 가련만, 우리가 다투는 이유는 대부분 기억도 잘 안 날 만큼 별거 아닌 것들이었다. 말투, 표정, 사소한 생활 습관 같은 것들. 예를 들어 나는 완전히 깜깜한 방에서 아무 소음도 없어야 잠을 청할 수 있는 반면, 민재는 침대에 누우면 지칠 때까지 핸드폰으로 영상을 보거나 게임을 해야만 잠이 온다고 했다. 물론 무음 모드에 밝기는 최저로 낮췄지만 그래도 거슬리긴 매한가지였고 짜증스럽게 뒤척거리는 나를 민재 역시 불편해했다. 아, 그것 좀 끄면 안 돼? 결국 가시 돋친 말투로 타박하고 나면 기어이 싸움이 시작되곤 했다.

매사가 그런 식이었다. 민재는 내가 큰맘 먹고 산 비싼 운동화를 보고 뭉툭하고 못생겼다며 질색했고, 나는 민재가 쓰는 싯누레진 투명 핸드폰 케이스가 정말로 꼴 보기 싫었다. 하지만 민재가 내 생일에 선물한 운동화는 브랜드부터 디자인까지 전혀 내 취향이 아니었고 민재는 내가 사준 핸드폰 케이스가 유치하다며 끝내 바꿔 끼우지 않았다. 안 맞는 이들끼리 그런 식으로 고집만 부리는데 연애가 순탄할 리 없었다. 애초에 맞지 않는 퍼즐 조각을 억지로 끼워놓았으니 아무리 애써도 그림이 완성되지 않는 게 당연했다.

이 빌어먹을 놈의 연애. 나는 쿠션을 끌어안고 뒤척거리며 곱씹었다. 안 하면 그게 제일 마음 편하련만 또 그건 너무 외로울 것 같으니까. 이다음에 또 누군가를 만나게 되리라는 생각은 들었지만 거기엔 어떤 기대도, 설렘도 없었다. 어릴 땐 그런 과정도 재미있고 투닥투닥 지지고 볶는 것도 나름대로 즐거웠던 것 같은데, 이젠 나이가 들어 그런가 마냥 피곤하기만 했다. 그냥 어디 가서 돈 주고

살 수 있으면 좋을 텐데, 서로 맞춰가는 귀찮은 과정 없이 서로 알 거 다 아는 편안한 연인 같은 걸.

내일도 새벽같이 도매상에 가야 했지만 잠이 올 리가 없었다. 결국 멀찍이 떨어뜨려두었던 핸드폰을 도로 집어 들고 말았다. 이별한 사람들이 흔히 밟는 절차, 그러니까 SNS에 올린 함께 찍은 사진들을 삭제하고 메신저 프로필 사진을 정리하는 그런 일들을 하기 위해서였다. 좀 이른가 싶기도 하지만 어차피 언젠간 해야 할 일이니까.

'하트 세이버'의 광고를 본 것은 그런 생각으로 인스타그램에 들어갔을 때였다.

"어머, 그거 완전 강추예요. 제 친구 중에 그걸로 만나 결혼한 애가 두 명이나 있어요."

"그래요? 저는 약간 거부감 들던데, 그래도 너무 신기하더라고요."

"쌤 어제 헤어지셨다니 완전 기회네요. 이번에 한번 해보세요."

"고민 중이에요. 긍정적으로."

나는 꽃가위로 폼폰국화의 가지를 사선으로 잘라내며 대꾸했다. 토요일 저녁 7시, 꽃다발 만들기 원데이 클래스가 한창 진행되는 중이었다. 수강생은 서로 친구라는 여자 셋이었고 신청서에 적힌 정보에 따르면 모두 삼십대 중반이었다. 다년간 원데이 클래스를 진행해온 경험으로 나는 이들이 원하는 것이 무엇일지 잘 알고 있었다. 직접 만든 꽃다발은 물론 만드는 동안 예쁜 공간에서 즐거운 시간을 보내는 것 역시 좋은 후기에 아주 중요한 역할을 했다. 그러기 위해 가장 쉬운 방법은 시시콜콜 사적인 이야기를 조금씩 흘리며 분위기를 풀어주는 거였다. 그런 맥락에서 어제 민재와 헤어진 이야기를 꺼냈고, 그러다 보니 하트 세이버의 광고 이야기까지 나온 참이었다.

“근데 그거 진짤까? 난 좀 말이 안 되는 것 같아서.”

“진짜라니까. 완전 찰떡같이 매칭해준대.”

“하긴, 요즘 웬만한 만남 어플보단 그게 나을지도 모르겠다.”

세 여자가 신문지 위에 쌓아둔 꽃 더미에서 꽃을 고르며 저마다 한마디씩 했다. 이미 꽃다발에서 메인이 될 꽃은 정해져 있었다. 긴 머리 여자는 리시안셔스, 눈썹에 피어싱을 한 여자는 자나장미를, 그리고 쇼트커트를 한 여자는 작약이었다. 주문에 맞추어 준비한 생화들은 벌써 대강 손질이 끝나 있었다. 수업에서 할 일은 곁들일 꽃을 골라 적당히 길이를 맞춰 다발로 묶는 것 정도였다.

“생각해보면 알아간다는 건 듣기에만 좋은 말인 것 같아요. 막상 사귀었는데 별로인 점이 눈에

띄면 진짜 짜증 나잖아요. 진작 알았으면 절대 안 사귀었을 텐데."

피어싱이 내게 말하자 긴 머리가 맞장구쳤다.

"아, 진짜로. 내 전 남친 기억나지? 그렇게 게임에 미쳐 사는 앤 줄 알았으면 절대 안 만났을 거야."

"제 구 남친도 마찬가지예요. 사귀기 전엔 세상 진지한 척하더니 몇 달 만나니까 본색이 드러나더라고요."

"꼭 그렇잖아요. 썸 탈 때는 완전 괜찮은 놈인 줄 알았는데."

여자들이 저마다 입을 비죽거리며 덧붙였다. 다들 비슷하구나. 나는 미소 지으며 티 나지 않게 시계를 보았다. 슬슬 곁들일 꽃을 손질하기 시작해야 할 때였다.

"자아, 마음에 드는 꽃이 있으세요? 아무거나

고르셔도 되니까요."

"아, 다 너무 예뻐서 못 고르겠어요. 얘도 예쁘고 쟤도 예쁜 것 같은데 어쩌죠?"

쇼트커트가 애써 골라 쥐고 있던 미니데이지 다발을 꽃 무더기에 도로 내려놓으며 우는소리를 했다. 흔히 있는 일이었다. 꽃다발이라는 게 그냥 예쁜 꽃을 여러 송이 묶어놓으면 다 예쁠 것 같지만, 막상 다양한 색깔과 길이의 꽃들을 조합하자면 한도 끝도 없으니까.

"그럼 제가 좀 도와드릴까요?"

나는 꽃 무더기 앞으로 다가섰다.

"메인으로 작약을 고르셨죠? 작약은 얼굴이 크고 색이 진하니까, 곁들이는 꽃은 얼굴이 작고 색이 옅은 게 어울려요. 꽃보다는 잎이 예쁜 애들도 잘 맞고요. 보세요, 예를 들어 이렇게 하면."

나는 큼직한 자줏빛 작약 한 송이를 집어 들어

분홍색 리시안셔스 다발과 겹쳐 보였다.

“언뜻 봐선 둘 다 붉은색 계열이라 잘 어울릴 것 같은데, 막상 같이 두니까 별로 안 예쁘죠? 서로 죽이는 색이라 그래요. 반면에 얘는 단독으로 보면 수수해서 눈에 안 띄지만 이렇게 하면 어때요? 생각보다 괜찮죠?”

말하며 연둣빛 부풀리움을 두세 줄기 집어 작약 송이 밑에 더해 보이자 세 여자가 동시에 탄성을 내질렀다.

“와, 정말 그렇네요!”

“메인 꽃을 다양한 꽃에 겹쳐보면서 어떤 조합이 어울리는지 한번 찾아보세요. 나만의 조합을 발견하는 것도 재미있거든요.”

고개를 끄덕인 여자들이 사뭇 진지한 얼굴로 꽃 무더기에 달려들었다. 나는 조금 뒤로 물러나 그들이 꽃을 고르는 모습을 지켜보았다.

'나만의 조합' 같은 말을 하긴 했지만, 사실 나는 그들이 결국엔 무엇을 고를지 대강 짐작할 수 있었다. 레이스처럼 섬세한 꽃잎이 매력인 리시안셔스에는 작고 동글동글한 잎이 싱그러운 유칼립투스가, 아기자기한 분홍빛 자나장미에는 톤 다운된 분홍과 흰색이 섞인 안개꽃이 가장 잘 어울린다는 걸 나는 이미 오랜 경험으로 알고 있었으니까. 물론 선택지야 많지만 사람의 눈은 결국 다들 비슷하다. 꽃다발을 묶을 기회는 단 한 번, 그러니 무난하게 어울리는 것들을 조합하는 편이 좋은 건 당연하다. 애써 묶어놓은 꽃다발이 못생기고 보기 싫은 건 아무도 원하지 않을 테니.

사는 건 다 비슷하구나. 나는 새로이 깨달은 사실을 마음속으로 궁굴리며 꽃들을 내려다보았다. 이 중에 내 꽃과 꼭 어울리는 건 어떤 꽃일까. 사람은 꽃과 달라 얼핏 보아선 알 수 없겠지만, 아무튼 아름답게 활짝 핀 시기가 찰나에 불과하다는 건 사람이나 꽃이나 마찬가지일 것이다. 그 아까운 시간을 낭비할 필요 없도록 누군가 속 시원히 정해준다면 어떨까. 네게 맞는 사람은 이 사람이라고. 그러니 딴 데 기웃거릴 거 없이 이 사람을 만나라고.

"쌤, 이건 어때요?"

마침 긴 머리가 유칼립투스 줄기를 집어 들며 물었다. 나는 활짝 미소 지으며 대답했다.

"아주 잘 고르셨어요."

당일 택배로 받은 상자는 아주 작고 가벼웠다. 안에서 달그락달그락, 뭔가 흔들리는 소리가 나지 않았다면 빈 상자가 왔다고 생각했을 거였다. 나는 상자를 식탁에 올려놓고 테이프를 뜯었다. 안에 든 것은 두 가지, 작은 원통형의 금색 플라스틱 케이스 하나와 '사용 설명서'라고 적힌 엽서 크기의 종이 한 장뿐이었다. 종이에 쓰인 내용보다 아래에 찍힌 화려한 회사 로고에 먼저 눈길이 갔다. 둥근 시계판 위에 나란히 선 두 사람의 실루엣. 한쪽은 시침을, 다른 한쪽은 분침을 밟고 서 있는 둘은 발레하듯 우아한 자세를 취하고 있었지만 동시에 아주 불안해 보이기도 했다. 조금만 흔들어도 와장창 넘어질 것처럼. 그 아래에 영문으로 쓰인 '하트 세이버'라는 로고를 잠시 바라보다, 나는 종이를 읽었다.

행복한 연애를 꿈꾸시나요? 나에게 꼭 맞는
사람을 찾아 헤매다 지쳤다고요?
더 이상 귀한 시간을 낭비하지 마세요.
자, 생각해봅시다. 누군가는 한겨울에도 반팔
티셔츠를 입는 반면, 누군가는 한여름에도
손발이 얼음장처럼 차갑습니다. 누군가는

매운 것을 못 먹고, 또 누군가는 커피를 한 모금만 마셔도 잠을 못 자지요. 이런 차이는 어디서 오는 걸까요? 당신의 성격, 식성, 취향, 나아가 선호하는 연애 상대까지, 당신을 이루는 것 중 당신이 직접 정한 것은 하나도 없습니다. 모두 타고난 것들이지요. 우리는 이렇듯 사람마다 고유한 기질이 있다는 사실에 주목했습니다. 하트 세이버는 다년간의 연구 끝에 개발한 특수 검사지를 통해, 피 한 방울에서 약 2500가지의 기질적 특징을 찾아내 분석합니다. 그리고 그 특징이 99퍼센트 이상 일치하는 짝을 찾아 매칭해드립니다.

한번 경험해보세요. 오랫동안 찾아 헤매던 당신의 운명의 상대, 지금 하트 세이버가 연결해드립니다.

사용 방법 : 케이스에서 채혈 키트를 꺼내 손가락 끝을 조금 찔러 피를 냅니다. 작은 한 방울이면 충분합니다. 시험지에 핏방울을 묻히고 스며들 때까지 잠시 기다린 후, 케이스에 넣어 택배 박스에 다시 포장하여 하트 세이버 본사로 보냅니다.

※택배는 착불로 보내주세요.

※택배 수령 후 데이터 분석 결과가 나오기까지는 열흘 정도 소요됩니다. 본격적인 매칭은 그 이후부터 시작되며, 매칭이 이루어지는 경우 고객님의 전담 매니저가 직접 전화로 알려드리니 전화를 꼭 받아주세요.

원통 모양의 케이스를 돌려 열자, 멸균 포장된

주삿바늘과 꼭 리트머스 종이처럼 생긴 작은 시험지가 나타났다. 친절하게도 시험지 끝에 빨간색으로 동그라미가 그려져 있었다. 여기에 핏방울을 적시라는 거겠지. 하루에도 여러 번 꽃 가시에 찔리는 게 직업이다 보니 피를 내는 건 무섭지 않았지만, 어쩐지 나는 주삿바늘을 선뜻 찌르지 못하고 한동안 손아귀에서 도로록도로록 굴리고만 있었다. 어젯밤까지만 해도 해보지 뭐, 하고 가볍게 생각했는데 막상 실제로 하려니 심정이 좀 복잡해진 탓이었다. 헤어진 지 얼마나 됐다고 또 연애를 하고 싶어서 이런 짓까지 하고 있다니, 그깟 연애가 뭐가 그렇게 중하다고.

생각해보면 그랬다. 연애라면 대학 새내기 때 처음 시작해 지금까지 대여섯 번을 했지만 사람만 바뀌었을 뿐 그것들은 거의 비슷한 모습을 하고 있었다. 같은 과 선배 아니면 동호회 사람, 혹은 너한

테 꼭 어울린다는 호들갑과 함께 소개받은 친구의 친구. 처음에는 적당히 세련된 레스토랑에서 밥을 먹은 뒤 분위기 있는 카페에서 커피를 마시고, 그 다음 만남에선 새로 개봉한 영화를 본다. 그리하여 단둘이 만나는 세 번째 날에는 어김없이 상대방이 어색하게 고백한다. 어디 무슨 매뉴얼이라도 있는 듯 멘트는 모두 토씨 하나 안 틀리고 '우리 만나볼래요?'다. 장소는 99.9퍼센트로 한강 둔치 아니면 교외로 드라이브를 가는 차 안일 테지. 그리고 서로에 대해 허겁지겁 알아가는 두어 달이 지나면 슬슬 드러나기 시작한다. 이 연애가 무엇으로 인해 끝장나게 될 것인지가.

어떤 남자는 내 월수입이며 가게 월세 같은 것을 묻더니 사실 사귀기 전에 내 집의 등기부등본을 떼어봤다고 아무렇지 않게 말했다. 어떤 남자는 대통령 선거에서 내가 정말 끔찍한 인간이라고 여기는 이에게 투표한 뒤 그것을 SNS에 자랑했고, 또 어떤 남자는 알고 보니 변기 물을 두 번 모아 내리는 지독한 짠돌이였다. 물론 문제는 그런 큼직한 부분만이 아니었다. 식사 후에 물로 입안을 가글한 뒤 그걸 꿀꺽 소리 내어 삼키는 사람, 카페 쿠폰을 두고 와 도장을 못 찍은 것을 종일 툴툴대는 사람, 만나서는 잔뜩 중후한 척하면서 문자로는 아기처럼 혀 짧은 소리를 내는 사람. 사소하지만 곱씹을수록 정이 뚝뚝 떨어지는 부분은 꼭 있었다.

그럴 때마다 나는 외면하려 애썼다. 그래, 나도 100퍼센트 완벽한 사람은 아니니까. 사람이 어떻게 모든 면이 다 잘 맞겠어. 어쨌든 나쁜 사람은 아니잖아. 다른 좋은 점도 많고……. 하지만 그건 생각처럼 잘되지 않았다. 한번 거슬리기 시작한 단점들은 여간해선 잊히지도, 다른 것으로 덮이지도 않았으니까. 그것들은 운동화 속에 든 뾰족한 돌멩이

처럼 관계의 속도를 내보려는 순간마다 어김없이 발바닥을 쿡쿡 찌르곤 했다. 이 사람은 내게 맞는 짝이 아니라는 생각, 분명 어느 다른 곳엔 이 사람보다 훨씬 더 나와 잘 맞는 사람이 있을 것이며 지금 이 연애는 그 사람을 만나기 위한 연습에 불과하다는 감각. 그런 생각을 하고 있으니 연애가 마냥 즐거울 리가 없었다. 수없이 크고 작은 싸움을 반복하다 결국 지쳐 나가떨어지고 나면 남은 건 상처투성이 마음뿐이었다.

그러니까, 어쩌면 이번에는 정말로.

나는 멸균 포장된 주삿바늘을 뜯었다. 바늘 위에 씌워진 플라스틱 캡을 벗기자 퐁, 하고 경쾌한 소리가 났다. 심호흡을 한 번 한 뒤, 왼손 검지 끝에 바늘을 갖다 댔다. 자, 마음먹었으니 단숨에 해버리자.

바늘을 쥔 오른손에 천천히 힘을 주며 내가 떠

올린 것은 어렸을 때 읽었던 어느 동화 이야기였다. 분명 그런 이야기가 있었지, 물레 바늘에 찔려 영원한 잠이 드는 공주의 이야기. 분명 그 이야기의 결말은 왕자가 찾아와 키스로 공주의 잠을 깨워주는 거였다. 그런데 그 다음엔 어떻게 됐더라. 그 왕자는 공주와 꼭 맞는 짝이었을까. 그래서 두 사람은 평생 한 번도 다투지 않고 영영 행복하게 살았을까.

이윽고 시험지에 번져나가는 빨간 핏방울을 보며, 나는 생각에 잠긴 채 한참 그대로 앉아 있었다.

내가 우리 동네의 한 카페 구석 자리에 앉아 초조함에 손톱을 물어뜯게 된 것은 그로부터 반년이나 지난 뒤의 일이었다.

매칭에 시간이 오래 걸릴 수 있다는 건 이미 사전에 여러 차례 안내받은 사항이긴 했다. 뭐 급한 일도 아닌 데다 나와 데이터가 맞는 사람이 나타나야 매칭이 가능하니 당연한 일이었으므로 그런가 보다 했었지만 이렇게나 오래 걸릴 줄은 몰랐고, 그렇게 시간이 유야무야 흐르다 보니 내가 하트 세이버에 검사지를 보냈던 사실조차 잊고 지내던 터였다. 그러다 갑자기 어느 날 아침 전화를 받은 거였다. 매칭에 성공했다고.

전화를 걸어온 담당 매니저라는 사람은 반년이면 매칭이 빨리 이루어진 편이라며 축하한다고 말했다. 정말 두 분이 만날 운명이셨나 봐요, 하면서. 분명 신청은 내가 했지만 막상 매칭되었다는 사실이 신기하고 놀라서 멍하니 있는 사이 매니저는 간단한 안내 사항을 이야기했다. 혹시 그사이 새 애인이 생겼다면 매칭은 없던 일로 해도 좋으며, 하트 세이버의 역할은 서로의 동의하에 연락처를 교환해주는 것까지라 그 뒤의 일은 두 사람이

하기 나름이라는 것 등등. 만남이 잘 안되면 어쩌죠, 하고 바보같이 묻자 매니저는 자신만만하게 대답했었다. 그럴 리가 없다고.

정말 그럴 리가 없을까. 그쪽에서 먼저 연락이 왔고, 마침 동네에 새로 생겨 언젠가 가봐야지 하고 별렀던 카페를 약속 장소로 지정했을 때에도 나는 긴가민가했다. 아무리 데이터 분석 결과가 그렇다지만 이름만 겨우 아는 사람을 대뜸 만나는데 잘될 수 있을까 싶어서였다. 뭐 만나봐야 아는 거지, 하며 카페에 나와 책을 펼쳐놓고 앉아 있긴 했지만 별 믿음은 가지 않는 게 사실이었다.

잠시 후, 문을 열고 들어온 남자를 보기 전까지는.

남자는 들어오자마자 나와 눈이 마주쳤고 그 순간 느낄 수 있었다. 저 사람이 바로 내가 오늘 만나기로 했던 그 사람이라는 사실을. 남자는 키가 훌쩍 컸고 청바지에 아이보리색 면 코트를 받쳐 입고 옆구리에는 책 한 권을 끼고 있었다. 한눈에 반할 만큼 잘생긴 얼굴은 아니었지만 흰 피부에 부드러운 눈매가 착해 보였다. 분명히 처음 보는 사람이건만 어쩐지 낯익은 듯 느껴지기도 했다. 눈이 마주쳐서 황급히 시선을 떨어뜨리며 손에 쥔 핸드폰을 보았을 때, 나는 약속 시간이 아직 30분도 넘게 남았다는 것을 깨달았다.

"저, 혹시…… 혜인 씨인가요?"

남자가 내게 다가오며 물었다. 나는 고개를 끄덕이고 어색하게 웃었다.

"재민 씨세요?"

"네, 김재민입니다. 반갑습니다."

남자도 미소 지으며 내게 손을 내밀었다. 나는 그 손을 잡아 악수했다. 분명 바깥은 쌀쌀했는데 그의 큰 손은 깜짝 놀랄 만큼 따뜻했다. 어떻게 된 일일까, 혹시 주머니에 손난로라도 들어 있나.

"약속 시간이 한참 남았는데 일찍 오셨네요."

"재민 씨야말로 일찍 오셨네요. 저는 이 동네 살아서, 책이라도 읽을 겸 좀 일찍 왔거든요."

"하하, 저랑 정확히 같은 생각을 하셨네요."

재민 씨가 옆구리에 끼고 있던 책을 내밀며 말했다. 그 표지를 빤히 보다 나는 피식 웃고 말았다. 그러고는 의아한 얼굴로 나를 내려다보는 재민 씨에게 내 앞에 펼쳐져 있던 책을 뒤집었다. 같은 작가의 것이었다.

"……와."

재민 씨가 작게 감탄했다.

"이거 정말 무슨 수작 부리는 말처럼 들리긴 하는데요……. 저 진짜 이 작가 좋아하는 사람 저 말고 처음 보거든요."

"저도 마찬가지예요. 그리고 약속 시간 늦을까 봐 30분씩 먼저 오는 사람도 저 말고 처음 봤고요."

우리는 눈을 마주 보며 웃었다. 이윽고 제 몫의 음료를 주문하고 온 재민 씨가 내 앞에 앉았다. 의자를 소리 나지 않도록 양손으로 살짝 들어 빼내는 조심스러운 습관이 정말로 좋아 보였다. 그 손길에서 직감했다고 말한다면 과장일까, 이 사람과 함께 있으면 기분 좋은 일이 많이 일어날 거라는 것을.

"음, 다시 소개할게요. 저는 김재민이고 올해로 서른아홉 살입니다. 디자인을 전공했고 지금은 제품 디자이너로 일하고 있어요."

"전 안혜인이고요, 이 동네 살아요. 전공은 미술이었는데 지금은 작은 꽃집을 하고 있고요. 아 참, 서른다섯 살이에요."

자기소개를 한 뒤엔 살짝 어색한 침묵이 흘렀다. 무슨 말을 해야 좋을까, 지금 내가 느끼는 기분을 이 사람도 느끼고 있을까. 나와 비슷해서 매칭된 사람이니 분명 그럴 확률이야 높겠지만 모르는 거였다. 혹시 나만 홀딱 반한 거면 어쩌지. 선뜻 입을 떼지 못하고 눈만 데굴데굴 굴리는데 마침 카페 점원이 우렁차게 외쳤다.

"오트밀크로 변경한 따뜻한 라떼 한 잔 주문하신 고객님, 음료 나왔습니다."

재민 씨가 일어섰다. 긴 다리로 저벅저벅 픽업대를 향해 걸어가는 뒷모습을 보다 나는 다시 한번 슬쩍 미소 지었다. 나도 오트밀크를 넣은 고구마라떼를 마시고 있었으니까. 아마 그에게도 유당불내증이 있을 것이다. 우유 맛은 좋아하지만 우유든 걸 먹으면 하루 종일 속이 더부룩하고 불편하겠지, 꼭 내가 그렇듯이. 아무것도 모르고 쟁반에 머그잔을 받쳐 들고 돌아오는 재민 씨를 바라보며 그런 생각을 하다가 문득 깨달았다. 재민 씨와 내 얼굴이 조금 닮아 있다는 사실을. 초면이지만 낯익다고 생각됐던 건 그래서였구나.

이상한 일이었다, 그 사실을 알게 되니 두려움도 어색함도 사르르 녹아 사라졌으니까. 나는 음료를 테이블에 내려놓는 재민 씨에게 툭 물었다. 마치 어제 보고 오늘 또 본 사람처럼.

"그런데 이 책, 어디까지 읽으셨어요?"

정식으로 만나보자느니, 사귀자느니 하는 낯간지러운 말 따위는 없었다. 만난 지 사흘도 채 되지 않아 우리는 그야말로 완전한, 서로의 마음을 확인할 필요도 없을 만큼 확실하고 뜨거운 사랑에 빠졌으니까.

책 이야기로 시작된 첫 만남의 대화는 이윽고 서로의 공통점을 숨 가쁘게 찾아내는 일종의 게임으로 변했다. 어린 시절 기억에 남는 일화는 무엇인지부터 가장 친한 친구는 어떤 스타일인지, 좋아하는 연예인과 싫어하는 연예인은 누구인지. 수

없이 많은 일치를 확인하다 나중엔 숫제 말할 것도 없다는 걸 깨달았다. 전부 똑같았으니까. 게다가 신기하게도 겹치는 건 취향뿐만이 아니었다. 우리는 둘 다 이 도시에서 태어났고, 대학에 가느라 잠깐 상경했다가 돌아온 뒤로는 계속 한 동네에서 살았는 데다 심지어 중학교는 같은 곳을 졸업하기까지 했다. 그러니 화제가 끊길 틈이 없는 게 당연했다. 매일 쉬는 시간마다 넘어 다니며 간식거리를 사다 날랐던 학교 뒤편의 야트막한 담장을 이야기하니 재민 씨는 그 담장 밑에 밟기 편한 돌을 놔둔 게 바로 자기라고 했다. 10년쯤 전에 문을 닫은 옆 동네의 롤러스케이트장은 우리 둘 다 생애 첫 데이트를 한 장소였다.

우리는 입이 아프도록 웃고 떠들었다. 이렇게 가까운 곳에 이런 사람을 두고도 몰랐다는 사실을 신기해하면서. 이윽고 점원이 조심스럽게 다가와 카페 문을 닫을 시간이 되었다고 말했을 때는 둘 다 깜짝 놀랐다. 시간이 그렇게 빠르게 흘렀다는 걸 믿을 수 없어서였다.

사실 그때쯤엔 이미 알고 있었다, 우리에게 앞으로 함께할 수 있는 아주 긴 시간이 있으리라는 것쯤은. 하지만 카페를 나오며 우린 이대로 헤어지긴 아쉽다는 것 말고는 아무것도 생각하지 않았다. 늦은 시간이라 갈 만한 곳은 술집 정도뿐이었으나 둘 다 술을 즐기지 않았고 시끄러운 곳은 질색했다. 카페에서 막 나온 참이니 또 다른 카페에 들어가기도 애매했다. 결국 머뭇거리는 재민 씨에게 내가 먼저 제안했다. 재민 씨네 집에 가서 이야기를 더 나누면 어떻겠냐고. 둘 다 그 말에 담긴 의미를 모를 나이는 아니었다. 확 붉어진 얼굴을 놀리자 재민 씨는 엉큼한 생각을 해서 그런 게 아니라 그렇게 말해주어 기뻐서 그런 거라고 황급히 변명했다. 나는 깔깔 웃었다. 그 말이 진짜라는 걸 알고 있었고 설령 아니라 해도 상관없었다.

택시를 타고 도착한 재민 씨네 집은 작지만 깨끗하고 아기자기했다. 집 안의 가구들이며 분위기, 사소한 장식품 하나까지 내 취향을 그대로 옮겨놓은 듯하다는 사실이 당연하게 느껴졌다. 현관에 들어서자마자 내가 제일 좋아하는 우드세이지 향이 은은하게 풍겼고 욕실에는 우리 집 것과 똑같은 핸드워시가 있었다. 뽀송하게 관리된 발 매트며 창문에 걸린 돌고래 모양 썬캐처, 잎이 반들거리는 화분들까지 모두 마음에 쏙 들었다. 처음 오는 집처럼 느껴지지 않는 편안한 공간이었다.

우리는 코코아 한 잔씩을 사이에 두고 새벽이 깊을 때까지 이야기를 나눴다. 하트 세이버를 이용하게 된 계기까지 나와 재민 씨가 정확히 같다는 건 그때 알았다. 자신의 마지막 연애에 대해 이야기하면서 재민 씨는 정말로 지쳤다는 표정을 지었다.

"오래 만났다는 게 그 사람이 나랑 잘 맞는 사람이라는 뜻은 아니더라고요."

전 연애 상대와는 5년이나 사귀었지만, 처음부터 정말 안 맞는다 싶었던 것들은 헤어지던 그날까지도 그대로였다고 했다. 결국 헤어짐의 계기는 어이없을 만큼 사소한 걸로 시작된 다툼이었다고.

"그게 뭐였는지 물어봐도 돼요?"

짓궂게 묻자 재민 씨는 잠시 민망한 얼굴을 하더니 말해주었다.

"그게, 분리수거였어요. 유자청이 들어 있던 유리병을 버리려는데……."

"아아, 잠깐만요. 제가 맞춰볼게요. 재민 씨는 깨끗이 씻어 말린 다음에 스티커를 떼서 버리려고 했고, 상대는 귀찮게 왜 그렇게까지 하냐며 대충 버려도 된다고 했죠?"

"아니, 어떻게 알았어요?"

"저도 정확히 같은 이유로 싸운 적이 있거든요. 저는 분리수거에 되게 철저한 편이라."

"저도 그래요. 그렇게 해서 자원이 재활용된다는 생각을 하면 뿌듯하지 않아요? 참 나, 그거 어려운 일도 아닌데 왜 안 하는지 모르겠다니까요."

재민 씨가 정말 이해할 수 없다는 표정으로 분개하더니 이윽고 슬쩍 웃었다. 그 웃음 역시 무슨 뜻인지 알 수 있었다. 나도 같은 웃음을 띠고 있었으니까. 그건 안심이었다. 이제 다시는 그런 말 같지도 않은 이유로 다투거나, 내 생각을 이해시키기 위해 목소리를 높이지 않아도 된다는 안심. 어찌 보면 당연하고 별거 아닌 이 확신이 없어서 그동안 얼마나 많은 시간과 마음을 낭비했는지. 하지만 이제 그런 일은 없을 것이다. 우리는 서로의 모든 것을 이해할 것이다. 아니, 이해할 필요조차 없다.

그게 바로 내가 원하던 거였다.

얼마 되지 않아 한집에 살게 된 건 자연스러운 수순이었다. 사정을 들은 양쪽 부모님들은 모두 어서 결혼하라며 들볶았지만, 우린 결혼은 성가신 허례허식일 뿐 굳이 할 필요가 없다고 생각했기에 살림을 합치는 것만으로도 충분했다. 어서 함께 살고 싶은 마음에 각자 살던 원룸을 급히 내놨고 새 입주자가 구해지기도 전에 이사 갈 집을 먼저 계약했다. 새 가구며 살림살이는 거의 사지 않았다. 내가 갖고 있던 것은 재민 씨의 마음에, 재민 씨가 갖고 있던 것은 내 마음에 쏙 들었으니까. 그렇게 완성된 우리의 집은 새로운 공간이라기보단 원래 살던 집이 조금 커진 정도로 느껴졌다.

그 집에서의 매일은 즐거움의 연속이었다. 아침에 각자의 일터로 가기 전 마주 앉아 먹는 토스

트와 커피, 바깥에서 각자 바쁘게 일하고 집으로 돌아와 함께 먹는 저녁 식사. 주말 밤에는 한 주 내내 왠지 당겼던 바로 그 음식을 시켜놓고 철 지난 영화들을 보면서 먹었다. 영화를 좋아하는 재민 씨가 자신 있게 추천하는 작품들이었다. 세상에, 아직 이 영화를 안 봤다고? 너 이거 완전 좋아할걸? 그가 호들갑을 떨며 골라 온 영화들이 모두 내 취향에 꼭 맞았음은 말할 것도 없다. 괜히 잠이 오지 않는 밤엔 새벽 산책을 나가기도 했고 갑작스레 뜬금없는 도시로 드라이브를 떠나는 일도 있었다. 그럴 때는 둘 다 어린애처럼 들떠서, 다 먹지도 않을 과자를 한 아름 사거나 서로를 폴라로이드 카메라로 마구 찍어대기도 했다.

물론 사소한 부딪힘이 없지는 않았다. 하지만 그때도 우리는 절대 언성을 높여 다투거나 억지를 부리지 않았다. 이해할 수 없는 일이 일어나면, 상대방을 향한 억하심정보단 이렇게 할 사람이 아닌데 왜 이렇게 했을까 하는 궁금증이 먼저 생겼기 때문이었다. 나는 재민 씨가 현관에 신발을 어질러 놓은 것을 보고 얼마나 급한 일이 있었기에 이 사람이 신발도 정리하지 않고 뛰어 들어갔지? 생각했고, 재민 씨는 싱크대에 설거지가 안 된 그릇들이 쌓인 걸 보고 혹시 내가 아픈 게 아닌가 걱정했다. 무슨 일 있었어? 그럴 때마다 우리는 걱정 어린 어조로 묻곤 했고 이유를 들으면 금세 납득했다. 그러니 이야기는 다툼으로 번질 새도 없이 끝나는 게 당연했다.

우리는 서로의 친구들과도 잘 지냈다. 이 나이를 먹으면 대개 주변에 자신과 비슷한 사람만 남게 마련이니까. 우리가 좋아 보인다며 부러워하는 그들에게 하트 세이버를 강력히 추천했다. 재민 씨는 그때마다 진지하게 말했다. 혜인이를 못 만났으면 지금 내 삶이 어땠을지 상상도 하기 싫어. 맘 같아선 하트 세이버 본사 쪽으로 절이라도 하고 싶은 심정이라니까. 닭살 돋는 말에 재민 씨 친구들은 다들 비명을 질렀지만 그들도 결국엔 하나둘씩 하트 세이버를 신청했다. 안 맞는 연애에 몇 번이고 데여본 경험은 누구에게나 있었으므로. 우리는 그때마다 진정으로 바랐다. 저들도 우리처럼 꼭 맞는 짝을 찾기를. 다툼과 대립을 뺀 관계가 얼마나 행복하고 평화로운지 알게 되기를.

어떻게 지나는지도 모르게 한 해가 훌쩍 흘렀다. 어느덧 우리가 처음 만났던 겨울이 다시 돌아왔고, 그것이 어느새 또 끝나가고 있었다.

그러던 어느 날이었다. 내내 추웠던 날씨가 풀려 온종일 따뜻했고, 꽃집에는 봄을 맞아 들여놓은 프리지어 향기가 가득했던 날. 이르게 퇴근하고 돌아온 재민 씨와 저녁 메뉴를 고민하고, 여느 때처럼 가스레인지 앞에 앞치마를 메고 선 재민 씨를 잠시 바라보다 무심코 텔레비전을 켰을 때. 때마침 저녁 뉴스가 나오고 있었고, 나는 화면 하단에서 낯익은 단어를 보았다. 하트 세이버였다.

"……뭐야?"

내용을 파악하기도 전에 소리 내어 말했다. 돌아선 재민 씨가 나와 텔레비전 화면을 번갈아 보더니 황급히 달려왔다. 한 손엔 양념이 묻은 주걱을 쥐고 있었다.

"연애 주선 업체 '하트 세이버' 가짜 논란, 피해자 2만 5천여 명 추정……?"

재민 씨가 멍하니 자막을 읽었다. 화면 속에서 심각한 얼굴을 한 아나운서가 말했다.

"최근 젊은 층에게 각광받고 있는 연애 주선 업체, 하트 세이버가 가짜 논란에 휩싸였습니다.

혈액 샘플을 채취해 보내면 특수한 기술로 분석하여 완벽하게 맞는 짝을 찾아준다는 것이 하트 세이버의 광고 내용이었으나, 실상 의뢰인들이 보낸 혈액 샘플은 분석하지 않고 그대로 폐기 처분되었다고 하는데요. 어떻게 된 일인지 자세히 알아보겠습니다."

화면이 바뀌었다. 등을 보이고 돌아앉은 한 남자에게 리포터가 마이크를 들이밀고 있었다. 남자의 목소리는 변조된 채였다.

"올해 초에 거기서 퇴사했고요. 양심에 찔려서……. 그거 완전 사기거든요. 거기 본사는 무슨 연구소처럼 차려놨는데 다 가짜고, 어린 알바생들만 오십몇 명이 있어요. 걔네가 다 뭐 하냐면요. 의뢰인들 이름이랑 전화번호 갖고 구글링해서 SNS를 뒤져요. 어디서 태어나서 지금은 어디 사는지, 뭐 전공했는지, 외식하면 주로 뭘 먹고 친구 만나면 뭐 하는지. 그런 항목들이 수백 개예요. 하나하나 찾을 수 있는 데까지 찾아서 어느 정도 일치하면 무조건 매칭시켜요. 혈액 분석해서 얻은 결과라고 호들갑 떨면서."

나는 입을 딱 벌렸다. 믿을 수 없는, 아니 말도 안 되는 이야기였다.

"그만뒀으면 됐지, 이제 와서 왜 폭로하냐고 할 수도 있겠지만요. 개인적으로 마음이 좀…… 많이 그랬거든요. 뭐 어쨌든 성사는 시켜줬으니 잘된 일 아니냐고 하면 그만이지만. 그건 사기잖아요. 뭐가 운명의 짝이에요. 그냥 몇십억 인구 중에 대충 비슷한 사람 뽑아다가 맞춰놓은 건데. 피해자가 제가 알기로 2만 5천 명이 넘어요. 검사 한 번에 50만 원씩 받으니까, 지금껏 본사가 사기 쳐서 갈취한 게 얼마겠어요."

화면이 서울 강남의 하트 세이버 본사 건물을

잠깐 비췄다. 정문 손잡이에 두꺼운 쇠사슬이 친친 감겨 있었고, 그 옆의 벽면에는 새빨간 스프레이로 '사기꾼들'이라는 글자가 흘려 쓰여 있었다. 건물 앞에 선 리포터가 말을 이었다.

"뜨거운 논란 속, 하트 세이버는 운영을 무기한 중단한 것으로 알려졌습니다. 의뢰를 접수받던 대표 홈페이지는 현재 접속이 불가능한 상태이며, 온라인에는 사기 피해를 호소하는 글이 속속 올라오고 있는……."

그 순간 텔레비전이 픽 꺼졌다. 순식간에 새까매진 텔레비전 화면 속에 나와 재민 씨가 덩그러니 비쳤다. 리모컨을 쥔 재민 씨가 딱딱하게 굳은 얼굴로 나를 내려다보았다. 이전까진 한 번도 본 적 없는 표정으로.

"혜인아."

이윽고 재민 씨가 입을 열었다.

"나는…… 나는 다 괜찮아."

"……뭐가?"

"그러니까, 하트 세이버가 사기…… 아니, 과학적인 부분이 없다고 해도 말야. 그래, 그래도 나는 괜찮다고 생각한다고."

미처 대꾸할 새도 없이 재민 씨가 빠르게 말을 이었다.

"진짜든 아니든 뭐 어때, 우리만 잘 지내면 됐지. 그렇잖아? 안 그래?"

나는 대답 대신 소파 팔걸이 위를 뚫어지게 쳐다보았다. 거기엔 아까까지만 해도 없던 새빨갛고 둥근 얼룩이 두세 개 번져 있었다. 이게 뭐지, 멍한 머리로 생각하다 깨달았다. 재민 씨가 쥐고 있는 주걱에서 떨어진 양념 국물이었다.

"됐어, 나는 신경 안 쓸 거야. 혜인이 너도 그냥 신경 쓰지 마. 우리랑 상관없는 이야기야. 진짜

든 가짜든, 모로 가도 서울만 가면 그만이지. 안 그래?"

마지막 말은 물음이었지만 재민 씨는 대답을 기다리지 않았다. 쩝, 하고 입소리를 한번 낸 재민 씨는 도로 주방으로 걸어갔다. 이윽고 가스레인지 불 켜는 소리, 조리 도구가 달그락거리는 소리가 들려왔다. 꼭 일부러 내는 것처럼 크고 부자연스러운 소리였다. 아니야, 침착해, 일단 침착하자. 나는 입을 꾹 다물고 생각에 잠겼다. 그래, 재민 씨의 말이 맞았다. 어쨌든 나는 재민 씨를 진심으로 사랑하는 데다 그가 내게 완벽한 짝이라는 건 의심의 여지가 없었다. 그러니 하트 세이버가 조사한 것이 내 핏속인지, SNS인지는 크게 중요한 문제가 아니긴 했다. 어쨌든 덕분에 우리가 만날 수 있었던 건 사실이니까. 하지만 그렇다고 해서 이걸 없는 일인 척 외면하는 게 맞을까. 나는, 그리고 우리는 정말 그럴 수 있을까.

“그런데 말야…….”

꼭 무슨 말을 하려던 건 아니었다. 이런저런 생각 끝에 무심코 주방을 향해 중얼거렸고, 대답이 돌아오지 않기에 그쪽을 바라본 나는 흠칫 놀랐다. 가스레인지를 향해 단단히 돌아선 재민 씨의 등에서 이 일에 대해서는 말하고 싶지도, 생각하고 싶지도 않다는 강한 의지가 느껴졌기 때문이었다.

“저기, 재민 씨?”

나는 다시 불렀다. 그러나 이번에도 재민 씨는 돌아보지 않았다. 누가 봐도 억지스러운 기운찬 동작으로 냄비 안을 휘젓고 있을 뿐이었다. 평소답지 않은 모습이었다. 우린 평소 세상만사에 대해 자기 의견을 말하고 서로 토론하길 좋아했으니까.

거기까지 생각한 순간, 마음속에 뭔가 툭 걸리는 것이 있었다.

물론 우리가 자주 이야기를 나누긴 했지만, 재민 씨가 그걸 좋아한다고 생각한 이유는 단 하나였다. 내가 좋아하니까. 내가 좋아하는 건 재민 씨도 무조건 좋아하게 되어 있으니까. 우리는 서로의 운명의 상대, 꼭 맞는 한 쌍이니 그럴 수밖에. 하지만 그게 새빨간 거짓말이었다는 게 밝혀진 지금, 나는 그걸 정말로 확신할 수 있을까. 우리가 이것저것 즐거이 떠들던 것이 사실은 재민 씨가 내게 맞춰주고 있었던 거라면. 묻지 않아도 안다고 생각하며 넘겨짚어 행동했던 것이 사실 그냥 내 멋대로 군 것에 불과했다면.

게다가 그 짐작은 반대로도 적용될 수 있었다. 재민 씨가 좋아하니까 당연히 나도 좋아한다고 생각한 것들, 그게 정말 내가 좋아하는 거였을까. 그냥 싫지 않은 정도인 것들을 좋아한다고 쉽게 믿어버린 건 아닐까. 재민 씨를 만나기 전엔 관심조차 없었던, 하지만 지금은 열광하며 좋아하는 많은 것들을 나는 입술을 씹으며 하나하나 떠올렸다. 민트초콜릿 맛 아이스크림, 순대국밥, 기아 타이거즈…… 잠깐, 그런데 내가 언제부터 스포츠를 좋아했었지?

나는 생각에 잠겨 소파 팔걸이를 멍하니 내려다보았다. 새하얀 소파에 아까 튄 양념 얼룩이 핏방울처럼 번져 있었다. 이 소파는 예전엔 재민 씨 집에 있던 거였다. 모양도 촉감도 마음에 쏙 드니 버리지 말고 새집에 두자고 내가 말했었지. 그런데 그때 나는 정말로 이 소파가 마음에 쏙 들었던 걸까. 아직 멀쩡한 걸 버리기 아깝다거나, 새 소파를 사려면 적지 않은 돈이 들 거라는 생각을 그런 말로 바꿔 한 건 아니었을까.

재민 씨는 이제 부산스레 달그락거리며 뭔가를 볶아대고 있었다. 치이익 하는 소리와 함께 매콤한 냄새가 풍겨왔다. 그래, 저녁으로 오징어볶음을 해 먹기로 했었지. 양배추와 콩나물을 듬뿍 넣고 국물을 자작하게 남겨서, 몸통은 네모난 모양 말고 동그란 모양으로.

그게 우리 둘 다 좋아하는 거였다.

나는 천천히 일어섰다. 물티슈를 한 장 뽑아 와 양념 자국 위에 대고 꾹꾹 눌렀다. 그러나 소용없었다. 이미 깊게 스며든 얼룩은 조금 흐려졌을 뿐 전혀 지워질 기미가 없었다. 나는 양손을 모아 힘을 주고 이를 악물며 물티슈를 문질렀다. 새빨간 얼룩이 닦이기는커녕 점점 번지는 것이 보였지만 멈출 수 없었다.

작업 일기

연애 이야기, 좋아하세요?

이 소설을 쓰면서 다시 한번 느꼈다. 나는 연애 이야기 쓰기를 좋아한다는 사실을. 특히 좋아하는 것은 등장인물 둘이 간질간질 썸을 타는 장면, 혹은 연애 극초반에 서로에게 미쳐 좋아죽는 그런 장면들이다. 이 소설 「하트 세이버」의 경우엔 혜인과 재민이 처음 만나는 카페 장면을 쓰면서 특히 즐거웠다.

물론 현실에서도 마찬가지다. 남의 연애 이야기는 누구의 것을 언제 어떻게 들어도 재미있다. 두 분은 어떻게 만나셨어요? 첫 데이트 때는 뭐 했는데요? 서로의 어디가 제일 좋으세요? 연인들을 만나면 꼭 주책없이 이런 질문을 던지는 사람, 그게 바로 나다. 더불어 나이를 먹으며 자연스레 그럴 기회가 줄어들긴 했지만 소개팅을 주선하는 행위 역시 아주 좋아한다. 내 친구가 좋은 사람을 만나 행복했으면 하는 마음도 물론 있지만 솔직히 그보다는 잿밥에 더 관심이 많기 때문이다. 일단 커플이 성사되고 나면, 소개팅 주선자는 그 경위와 심경을 합법적으로 자세히 캐물을 수 있는 사람이 되니까. 중매란 잘 되면 술이 석 잔, 안 되면 뺨이 석 대라는 옛말도 있지만 나는 기회만 있으면 내 친구들을 서로 엮어대곤 했다(그러나 성사율은 극도로 낮았다……. 저 옛말이 사실이었다면 지금쯤

내 빰은 남아나지 않았을 것이다).

하지만 아무래도 이런 것은 좋아 보이지 않는다. 연애란 그야말로 사생활인 데다, 나는 이미 결혼했으니 연애라는 단어와는 거리가 먼 사람처럼 보이니까(아니, 결혼은 그냥 아주 길게 연애를 하기로 약속한 것뿐이거든요?). 하지만 찬찬히 생각해보면 연애는 정말 신기한 일이다. 실례를 무릅쓰고서라도 궁금해하지 않을 수 없는 일인 것이다. 서로 완전히 모르는 채로 평생을 살아온 두 인간이 어느 날 갑자기 어떤 계기로 서로를 알게 되고 사랑, 무려 그 무섭고 두려운 사랑에 거침없이 뛰어드는 일. 그리고 서로를 각자의 중요한 사람으로 땅땅 임명하고 그 전까지 한 적 없던 많은 일들을 아무렇지 않게 함께 해내는 일. 상대를 위해, 혹은 상대를 향해 울고 웃고 화내고 기뻐하고 소리 지르고 도망치고 달리고 구르는 일. 한 치 앞도 모르고 사는 주제에 감히 미래를 약속하는 일. 그러다가 또 어느 날 어느 시점에 그것을 모조리 철회해버리는 일. 가벼운 인사, 아니면 끔찍한 저주를 날리며 돌아서서 뚜벅뚜벅 반대로 걸어가곤 다시는 만나지 않는 일.

세상에 그보다 특별하고 흥미로운 일이 또 있을까.

「하트 세이버」의 아이디어는 오랜 친구 E와의 대화 도중 얻었다. E는 연애 경험으로만 치면 양손은 물론이고 양발까지 합쳐 세어도 모자랄 만큼 해본 친구인데, 그중 어떤 연애도 반년 이상 지속된 적이 없었다. E는 질풍노도의 이십대 때라면 몰라도, 삼십대 중반을 훌쩍 넘기도록 이렇다니 이젠 슬슬 자기에게 문제가 있는 게 아닌가 싶다며 하소연했다.

— 사귀기 전엔 진짜 잘 맞는 것 같은데, 완전 이 사람이다 싶고 얘 만나려고 지금까지 이 먼 길을 돌아왔구나 싶게 느껴지는데. 막상 만나서 조금만 깊게 알고 나면…… 또 그땐 어떻게 이런 사람한테 그런 생각을 했었나 싶을 만큼 정이 떨어지는 순간이 와.

— 주로 어떤 점에서 정이 떨어지는데?

— ……몰라. 완전 대중없어.

— 이번에 헤어진 애는?

— 아, 걔? 아휴, 뭐…… 그렇지 뭐.

— 뭔데 그래?

— ……같이 커피 한 잔씩 테이크아웃 해서 마시면서 경의선숲길을 걷다가, 다리가 아파서 벤치에 잠깐 앉았어. 그러다 다시 걸으려는데 걔가 반쯤 남은 컵을 그냥 두고 일어서는 거야.

— 아, 미친…….

— 그래서 내가 커피 안 가져가냐고 물었더니
너무 당연하다는 듯이 다 마신 거라고
대답하더라고. 내가 물어본 건 그게
아닌데. 그래서 내가 그 컵을 집어 드니까
나한테 뭐라는지 알아?

— 뭐라는데?

— 착하대. 내가 착하대.

— 아, 구려. 진짜 너무 구리다.

— 아무튼 그 뒤로 한 달도 못 갔지 뭐.

E는 그렇게 말하곤 자기도 어처구니가 없다는 듯 피식 웃었다. 말하는 당사자가 웃으니 따라서 웃긴 했지만, 우리 둘의 얼굴에서 웃음이 잦아들 즈음엔 난 좀 서글픈 마음이 되었다. E의 연애가 짧고 잦다고 해서 매번 가벼운 마음은 아니었다는

걸 곁에서 오래 지켜본 나는 누구보다 잘 알고 있었다. 처음 사랑에 빠졌을 때 얼마나 달떴는지, 그 사람은 뭘 잘하고 어디가 특히 귀여운지를 온 사방에 세일즈하듯 떠들고 다녔던 E였다. 이번에야말로 정말 오래 만날 사람을 찾은 것 같다고 호들갑을 떨면서. 그러니까 그게 아님을 알면서도 나는 무심하게 툭 뱉었다.

— 너 사실은 걔 별로 안 좋아했던 거 아냐?

그때 E의 얼굴에 흘러갔던 표정들과 그 뜻을 나는 정확히 알 수 있었다. '너까지 그런 말을 하냐'→'너까지 그런 말을 하는 걸 보니 진짜 그런 건가?'→'잠깐, 그런가? 그런 거였나? 나 걔 별로 안 좋아했나?'→'아니, 아니야. 진짜 좋아했다고.'→'그럼 왜 그 정도의 일로 정이 뚝 떨어진 거지?' ……

혼란의 순간이 지나고(그동안 나는 괜한 말을 했다고 후회하고 있었다) E는 이렇게 말했다.

— 나는 걔가 나랑 비슷한 사람인 줄 알고
좋아했었나 봐.

이 소설의 아이디어가 퍼뜩 떠오른 건 그때였다. 개인의 모든 성향과 취향을 한꺼번에 자동으로 파악해, 완전히 일치하는 사람들끼리 만남을 주선하는 업체가 있다면 어떨까. 그러면 쓰레기는 꼭 쓰레기통에 제대로 분리수거 해야 직성이 풀리는 사람과 고작 일회용 컵 하나 갖고 깐깐하게 구는 걸 이해할 수 없는 사람이 만나는 일은 없을 것이다. 서로의 귀한 시간과 그보다 더 귀한 감정을 낭비하는 일도 없을 거고 결국 아무도 슬프지 않을 수 있을지도 모른다.

나는 E에게 대뜸 물었다.

— 야, 나 이거 소설로 써도 되냐.

— 뭔 얘기? 쓰레기 버리는 얘기?

— 아니, 어…… 설명하자면 긴데 아무튼
쓰레기 버리는 얘기는 아니고.

그러자 E는 나를 빤히 바라보다가 킁, 하는 이상한 콧소리를 내고는 말했다.

— 그래, 써라 써. 다 갖다 써라 그냥.

그래서 나는 정말로 다 갖다가 썼다.

이 소설의 결말엔 아무래도 찝찝한 뒷맛이 있다. '하트 세이버'가 사실 가짜였고, 그걸 알게 된 순간 지금까지 강하게 확신해온 다른 모든 것들까지 의심하게 되는 두 사람. 그건 '하트 세이버가 실재한다면', 즉 '모든 것이 서로 일치하는 사람을 만나면 과연 행복할까?'라는 질문에 대한 나의 대답이기도 하다. 글쎄, 어떨까?

자, 그러니까 생각해보자면…… 어떤 사람이 있다고 치자. 그 사람은 베란다에 식물을 잔뜩 키우고 겨울마다 뜨개질을 한다. 한국에선 황정은, 외국에선 무라카미 하루키를 최애로 꼽는 소설 애호가지만 책은 마구 접고 찢어가며 험하게 읽는다. 아, 물론 게임도 좋아한다. 3D보다는 2D, 전투보다는 스토리와 수집 위주로. 김치 없인 밥을 못 먹고 커피는 보리차만큼 묽게 마시는 걸 좋아하는, 그러니까 나랑 완전히 똑같은 그 사람과 내가 만난다면.

나는 10분도 지나지 않아 그 사람에게 완전히

흥미를 잃어버릴 것이다.

내가 최초로 지면에 발표한 소설인 「빨간 열매」라는 단편에는 이런 문장이 있다. 아주 자세히 보지 않으면 아버지와 P 어머니를 구분하기 어려웠고 굳이 구분할 필요도 없었으며, 또한 그렇게 말하자면 나와 P도 거의 비슷한 구조의 인간인 데다 나는 아버지를 P는 어머니를 닮았으니 결국 우리 넷은 서로가 서로를 닮아가고 있는 셈이었고 그건 그것대로 나쁘지 않은 기분이었다. 이 소설의 등장인물 넷은 애초부터 서로 비슷한 사람(과 나무)들이었고 서로에 대한 사랑이 깊어질수록 그 동일성은 커져 종내에는 완전히 닮은꼴이 된다.

이 소설은 내가 이십대 초반에 쓴 것이다. 그 시절에 나는 사랑이란 서로 비슷한 사람들이 만나 더욱 비슷해져가는 과정이라고 믿었다. 그리고 삼십대 중반이 된 지금, 나는 정확히 그것과 정반대로 생각하고 있다. 사랑은 서로 다른 사람들이 만나 각자의 다름을 유지한 채 섞여 새로운 다름을 만들어내는 거라고.

그러니 혜인과 재민의 미래에 꼭 이별만이 있는 건 아닐 거다.

(더불어 이 소설의 교정지를 주고받는 과정에서 담당 편집자님께서 '이 부분에서 인물 설정에 대한 비하인드 스토리를 풀어주셔도 좋겠다'고 제안하셨고, 좋은 생각이라 여겨져 덧붙인다 : 이 소설에서 가장 먼저 탄생한 인물은 재민이다. 재민은 대부분의 사람에게 호감을 살 만한 남자는 어떤 스타일일까, 생각하며 만들었다. 엄청나게 잘생긴 건 아니지만 그럭저럭 멀끔한 얼굴, 적당히 신경 쓴 옷차림, 어딜 갈 땐 종이책을 들고 다니고 요리를 잘하며 집에는 세심하게 고른 디퓨저를 두는 남자.

내가 생각하는 호감남은 대충 이런 이미지인 것 같다(덧붙이자면 흔히 예술 계통에 종사하는 남성들 가운데 이런 타입이 많은데…… 딱히 만나보길 권하고 싶지는 않은 이유는 뭘까?). 그리고 이미 눈치챘겠지만 혜인의 전 남친 민재는 단순히 재민의 이름을 뒤집어 만든 녀석이다. 재민과의 연애가 민재와의 그것과는 정반대로 흘러간다는 것을 보여주고 싶었다.)

이제 슬슬 이 두서없는 사랑 이야기의 마무리를 할 시간이다. 지금까지 실컷 남의 사랑 이야기를 했으니 이젠 내 사랑에 대해서 말해볼까. 내가 사랑하는 사람은 꽃 이름을 맞혀보라고 하면 무조건 개나리 진달래 벚꽃 중 하나를 말하고, 뜨개질은 전혀 할 줄 모른다. 제일 좋아하는 작가를 물으면 필립 로스, 폴 오스터, 찰스 부코스키 중에 고민

하다 땀만 한 바가지 흘리고 대답은 끝까지 못 하는 사람. 그는 책을 펼친 채 엎어두거나 책날개를 책갈피로 사용하는 걸 보면 경악하는 종류의 인간이다. 게임은 전혀 하지 않으며 김치는 있어도 그만 없어도 그만, 커피는 사약처럼 진한 걸 마신다. 우리는 때로 그 다름 때문에 투닥투닥 싸우기도, 가끔은 뚝뚝 울기도 하지만 어쨌든 전반적으로 즐겁게 지내고 있다. 그는 항상 김치를 정갈하게 썰어서 반찬통에 담아두고, 커피를 두 잔 내려 나를 위해 한 잔에는 물을 가득 붓는다. 나는 그를 위해 철마다 스웨터를 뜨고 읽던 책에는 책갈피를 끼운다.

우리는 또 무엇이 다를까. 그건 흥미롭고 재미있을까, 아니면 못 견디게 화가 날까.

모르는 일이다.

그리고 그 모름이 남아 있다는 사실은 제법 마음에 든다.

하트 세이버

초판 1쇄 발행 2025년 3월 21일

지은이 이유리

펴낸이 허정도
편집장 박윤희
책임편집 정수향
마케팅 신대섭 배태욱 김수연 김하은 이영조
제작 조화연

펴낸곳 주식회사 교보문고
등록 제406-2008-000090호(2008년 12월 5일)
주소 경기도 파주시 문발로 249(10881)
전화 대표전화 1544-1900 주문 02)3156-3665 팩스 0502)987-5725

ISBN 979-11-7061-237-7 (04810)
979-11-7061-151-6 (세트)
책값은 표지에 있습니다.

•'북다'는 문학을 기반으로 다양하게 변주된 책을 선보이는 종합 출판 브랜드입니다.